中国法书精萃

宋克 急就章

浙江人民美术出版社

图书在版编目（ＣＩＰ）数据

宋克《急就章》/ 林韬编. —杭州：浙江人民美术出版社，2003.1

（中国法书精萃）

ISBN 7-5340-1560-X

Ⅰ.宋... Ⅱ.林... Ⅲ.草书－法书－中国－明代 Ⅳ.J292.26

中国版本图书馆CIP数据核字（2002） 第 094501 号

宋克 急就章

中 国 法 书 精 萃

浙江人民美术出版社出版·发行

http ://mss.zjcb.com

（杭州市体育场路 347 号）

全国各地新华书店经销

杭州彩地电脑图文有限公司·制作

杭州余杭人民印刷有限公司·印刷

２００３年１月第１版·第１次印刷

开本：889×1194 1/16 印张：2.5

印数：0,001－4,000

ISBN 7－5340－1560－X/J·1366

定价：28.00元

如发现印装质量问题，影响阅读，请与本社发行科联系调换。

宋克及其章草书《急就章》卷

许洪流

《急就章》原名《急就篇》，西汉元帝时黄门令史游所撰。史游把当时的常用字，按姓氏、衣着、农艺、饮食、器用、音乐、生理、兵器、飞禽、走兽、医药、人事等"分别部居"，编纂成三言、四言、七言韵语，既便于记诵，又切合实用，是汉、魏至唐代通用的童蒙识字课本。首句为"急就奇觚与众异"，因取前二字以名篇。

如同另一蒙学课本《千字文》一样，历史上曾有很多书法家书写过的《急就章》，最著名的是传为三国·吴皇象所书者，是公认的章草范本之一，后世如元代赵孟頫、明代宋克均有临本传世，其中尤以宋克晚年所临者最称精劲。

此卷《急就章》，纸本，纵 13.8 厘米，横 232.7 厘米。书于明太祖洪武二十年（1387年）六月，是宋克最晚的传世作品。现存为残本，缺"陵乐"以上诸字。

宋克（1327 — 1387），字仲温，号东吴生、南宫生，长洲（今江苏吴县）人。少时喜击剑走马，任侠好客，至壮年想自立功业，未遂，于是"杜门染翰，日费十纸，遂以善书名天下"（《明史·文苑传》）。与高启等称"十友"，时号"十才子"。明洪武初年任凤翔府同知，卒于任。宋克兼通诸体，与当时擅长书法的宋璲、宋广合称"三宋"，杨慎评他的真、行书在明代应数第一。其真、行出自魏、晋，师法锺繇、王羲之，尤以章草著名，直承赵孟頫、邓文原而有所发展，融入了今草和行书的写法，更加流利、矫健。代表作品有楷书《李白诗》、《七姬权厝志》（刻本），草书《进学解》、《唐宋人诗》、《刘桢公燕诗》、《急就章》等。

章草出现于汉代，是对草隶（隶书的简化快写）加以规范整理而形成的一种字体，字字独立，点画不相钩连，它有草书的使转，更强调了隶书的波磔，结体与章法独具特色。章草在唐朝几乎无人问津，宋代蔡襄和元代赵孟頫、邓文原重继绝学，但影响不大。宋克则潜心皇象、索靖，独树一帜，糅入今草灵活、跌宕的意态，形成了有别于古人浑厚拙朴的艺术风格。此卷《急就章》是他 60 岁时临皇象的得意之作，"结意纯美"，但与皇象的《急就章》又貌合神离，体势开张，字形趋长，点画瘦劲挺拔，粗细变化强烈，节奏活泼奔放，气息清新古雅，较之赵孟頫、邓文原等书家所写的《急就章》更显生动精彩，富于感染力。

正因其书法锋芒毕露而精神外耀，一洗古人旧貌，招来了不少非议，如"波险太过，筋距溢出，遂成佻卞"（王世贞），"国朝楷、草推'三宋'，首称仲温，然未免'烂熟'之讥，又气近俗，但体媚悦人目尔"（詹景凤）。但正如吴宽所云："（宋）克书出魏、晋，深得锺、王之法，故笔墨精妙，而风度翩翩可爱。或者反以纤巧病之，可谓知书者乎？"若观此卷章草，尽管笔锋微秃，却熟而能生，笔笔送足，点画遒丽，不失丰姿。而且书家理应该求得自己的个性风格，"佻卞"、"烂熟"、"纤巧"等贬词，恰恰说明了宋克书法的成功，这些所非之处，也正是宋克学古能化的明证。

陵乐。豹首落莽兔双鹤。春草鸡
翘凫翁濯。郁金半见霜白蔄。缥
缥绿丸早紫砒。蒸栗绢绀缙红
緤。青绮罗縠靡润鲜。绵雒缣练
素帛蝉。第八。绛缇绣紬（通
『绸』）丝絮绵。帄币囊橐不直
钱。服琐绹袘与缯连。贳贷卖买
贩肆便。资倏市赢匹幅全。络绹
橐缊裹约缠。纶组钲绶以高迁。
量丈尺

九稿柔秫稷粟麻粳饼饵麦
饭甘豆羹葵韭葱蓼蘁苏姜芜夷
盐豉醯酱浆芸蒜荠介茱萸香
老菁蘘何冬日臧枣杏瓜棣馓饴饧梨柿奈桃待霜露园菜果蓏
糧第十甘麮恬美奏诸君袍襦
表里曲领裙襜褕袷复单
补袒缝缘循履舄沓哀

寸斤两铨。取受付予相因缘。第
九。稻黍秫稷粟麻粳。饼饵麦饭
甘豆羹。葵韭葱蓼蘁苏姜。芜夷
盐豉醯酱浆。芸蒜荠介茱萸香。
老菁蘘何冬日臧。枣杏瓜棣馓饴饧。梨柿奈桃待霜
露。枣杏瓜棣馓饴饧。园菜果蓏
助米粮。第十。甘麮恬美奏诸
君。袍襦表里曲领裙。襜褕袷复
袭绮缲。单衣蔽膝布无尊。箴缕
补袒缝缘循。履舄沓哀

3

越缎绁。靰鞮卬角褐袜巾。尚韦不借为牧人。完坚耐事愈比伦。第十一。屦荞絜粗嬴寠贫。旃裘索择蛮夷民。去俗归义来附亲。译导赞拜称妾臣。戎貊总阅什伍陈。禀食县官带金银。锻铸鉯锡镫鐷锭。铁鈇锥钻釜鍑鏊。锻铸鉯锡镫鐷锭。铃镛鉤铨斧凿鉏（同『锄』）。第十二。铜钟鼎鈃鋗匜铫。釭铜键钻冶锢镈。竹器簦笠簟

籧篨。笔篇筱管篆笑箸。筵箪箕
帚筐箧篓。椭盂盘盎杯闟椀。蠡蠡
斗参升半厄筲。榑檻椑櫥
瓻瓯瓨甊（同『罂』）。第十三。甂瓯瓨甊（同『罂』）卢。絭缯
绳索纺绞纑。简札检署棨椟家。
板柞所产谷口茶（疑应作
『茶』）。水虫科斗蜺虾蟇。鲤
鲋蟹鳣鲐鲍鰕。妻妇聘嫁斋滕
僮。奴婢私隶枕床杠。蒲蒻蔺席
帐帷幢。第十四。承尘户帘箷溃
纵。镜

衮流（应作『梳』）比各异工。
黄熏脂粉膏泽筒。沐浴榆檞寡合
同。槭饬刻画无等双。系臂琅玕虎
魄龙。璧碧珠玑玫瑰瓮。玉珉环佩
麋从容。射魃辟邪除群凶。第十
五。竽瑟空侯琴筑铮。钟磬韬箫聱
鼓明（通『鸣』）。五音杂会歌
讴声。倡优俳笑观倚庭。侍酒行解
宿昔醒。厨宰切割给使令。薪炭蘱
菲孰炊生。膹脍炙骖各有刑。酸醎
酢（同『醋』）淡辨浊清。第

十六。肌骺脯腊鱼臭腥。沽酒酿
醪稽檠楻。棋局博戏相易轻。冠
帻簪黄结发纽。头颌颂准麋目
耳。鼻口唇舌龂（同『龈』）牙
齿。颊颐颈项肩臂肘。卷捥节搔
母指手。腄腴匈胁膺髀髑。第十
七。肠胃腹肝肺心主。脾肾五藏
𦠘齐乳。尻宽脊膂要背偻。股脚
膝膑胫为柱。腨踝跟踵相近聚。
矛镶盾刃刀钩。䩜锻鈹镕剑镡
缑。弓弩箭矢铠兜

鍳。铁垂榶杖柷柲殳。第十八。
辒辕輨轴舆轮康。辐毂錧鐯柔榶桑。轵轼轸苓辕纳衡。盖橑桿枕厄缚棠。䌓鞅鞲绊羁疆。茵茯薄杜鞍镰锡。室宅庐舍楼壁革䶞鬓漆犹黑仓。䩾鞟茸䩞色煌煌。（同『殿』）堂。第十九。门户井灶庑困京。欀榶薄卢瓦屋梁。桢板裁度员（同『圆』）方。屏厕溷浑粪土壤。鏧枲䜌厨库东箱。碓硙扇隤春簸扬。顷町界亩畦畤窊。
疆畔畷伯耒犁鉏（同『锄』）。
第廿。种树收敛赋税。攘攫秉把
盉拔杷。桐梓枞松榆椿樗。槐檀
荆棘叶枝扶。驿赑雅駮骊骝驴。
骐骥驰驾怒步超。貖獢狡狗
野鸡雏。第廿一。糁饰特犆羔犊
驹。雄牝牡相随趋。糟糠汁菜蒉
荦荔。凤爵鸿鹄雁鹜雉。鹰鹯鸠
（即『鸲』）鸹鹥貂尾。鸠鸽鹑
鷃中

冈死。鸢鹊鸥枭惊相视。豹狐距
虚豺犀兕。狸兔飞凫狼麋麂。第
廿二。麋麈麚（同『麚』）鹿皮
给履。寒气泄注腹胪张。痂疕疥
疠痴聋忘。瘫疽瘘疯瘘痪。疝
瘛颠疾狂失风。虐瘀痛瘭温湿
病。消渴殴（同『呕』）漱欬逆
让。痒热瘘痔眵瞙眼。笃癃衰废
去
邪。黄芩伏令礜茈胡。牡蒙甘草
莞梨卢。乌喙付子椒

元华。半夏卓（同『皂』）夹艾
橐吾。弓穷厚朴桂栝楼。款东贝
母姜狼牙。远志续断参土人。亭
历桔梗龟骨枯。第廿四。雷矢蘿
菌茋兔卢。卜梦遣崇父母恐。祠
祀社保葰猎奉。
宠。棺椁槽椟遣送踊。丧吊悲哀
面目种（通『肿』）。哭泣酸祭
坟墓冢。诸物尽讫五官出。宦学
讽诗孝经论。第廿五。春秋尚书
律令文。治礼掌故底疡身。知能

通达多见闻。名显绝殊异等伦。超擢推举白黑分。积行上究为牧人。丞相御史郎中君。进近公卿傅仆勋。前后常侍诸将军。第廿六。列侯封邑有土臣。积学所致平端劫祠亲。变化迷惑别故新。冯翊京兆执治民。廉洁平端劫顺亲。变化迷惑别故新。奸邪并塞皆理驯。更卒归城（同『诚』）自诣因。司农少府国之渊。援众钱谷主办均。第廿七。皋陶造狱

法律存。诛罚诈伪劾罪人。廷尉
正监承古先。总领烦乱决疑文。
斗变杀伤捕伍邻。游徼亭长共杂
诊。盗贼系囚榜笞臀。朋党谋败
相引牵。欺诬诘状还反真。第廿
八。坐生患客不足怜。辞穷情得
具狱坚。藉受验证记问年。闾里
乡县趣辟论。鬼新白粲钳釱髡。
不肯谨慎自令然。输属冶作溪谷
山。菰获起居课后先。斩伐材木
斫株根。

第廿九。犯祸事危置对曹。谩诋首匿愁勿聊。啬夫假佐扶致攻击劫夺槛车胶。缚购脱漏亡命流。疠痏保辜号呼猿（同『嗥』）。乏兴猥逯诃谩求。受赇枉冤忿怒仇。第卅。谗谀争语相抵触。忧念缓急悍勇独。乃肯省察讽谏读。江水泾渭街术曲。笔研（同『砚』）投筭（同『算』）膏火烛。赖救救解贬秩禄。邯郸河间沛巴蜀。颍川临淮集

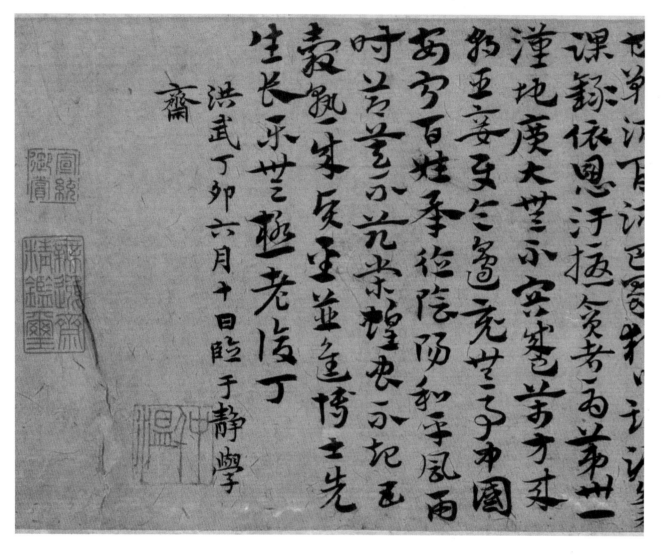

课录。依恳汗（即『污』）扰贪者辱。第卅一。汉地广大。无不容盛。万方来朝。臣妾使令。边竟（通『境』）无事。中国安宁。百姓承德。阴阳和平。风雨时节。莫不兹（同『滋』）荣。蝗虫不起。五谷孰（通『熟』）成。贤圣并进。博士先生。长乐无极老复丁。洪武丁卯六月十日临于静学斋。

陵不扚首游羡兔鐙鐙

奏筆難身多澤樹菊金

砲然栗務如孤紅狼喜縱

生見雷白然猴孫孫丸乎崇

穀庵汪鮮弹轻狐狼鳞

第八路绲獨细絲紫鹩帆

狼遽莫咸壹買賦肆使項後

市糶区幅全賒獅朵蹍康需

猩於旦狸狼以高栗壹丈

寸於西鋒平三叟付予而困豫

九穛黍秫抹稷粟麻硬餅餌稜

飯甘豆薑甕兆忿棠粟龍一飯

盖莖⋯饂飩碗⋯
菖蒲黄香老薑蘘⋯冬⋯
怗黎楠李桃茯苓⋯杏⋯
瓜韭飯饧餅團家果⋯
糧第十甘麸情並美夫清⋯
裸表裏曲⋯君褥稱裙被袄

犹强補祖推敘循復苟皆

我疵孤毅親而面禍機巾尚

丰示借為牧人完皇時予無

於第十一夜蓄素累慕窮

以佟

宴賞梅寒示揮一盤衰民

長似囿蒙末附觀澤棠

拟稱妄玉我鉑捻冤什伍陳

栗良孫叕帶全釟鐵釲鈮鑀

鑀父釜鈥隆鈚鑄鈆鈔

鑀鈀鍋鈎鈺父竹鏺釦鉦

十二銅鍾日呢鈃鉤匹鉳釭釕

鑖釦沼銅鎬竹笶兇立更高宣夹蒲堂筆

常党帚匿宽据盂没祭

桥揽承魏斗棠升尖虎苇梢

横杆桐匕黄老觏盆尖雍卷

喜第十三觏觉觑觐觌觊

殉绲索孜孜绝肩札拉罢

搂家枝枕然雇若吕柴水衣耕

蓑轻蚪蛐蝗蟾蚍

輒妻娟洋嫁竟更擁僮奴婢

燎枕咪杠蒲頭翁峯席帳幃巾

窈涼以咨㸚工黃篁重拾琳

第古西筝莶石英黃絛淡鮑

汪蘭沐浴掃槭宣合同稼院

剃畫芏才鬢俯研玕軒甫

芒諱身菜菜文兒誰應玉咸罢風

麋鹿逸豸对鸱鸦邪阵拳凶麈
十五学瑟究不能辱钟瑟瑟彀弩
萧鼓声年毂的王音难入公一起弩
低侣他废观侨庭侍酒行狼宿
苜经南窜初事别路及之新茶
蓬峰气机枝生候孙长沐载茶
离雨酸砾飞汉阔渴清满滴海

十帆犹猎車奥猩沽泊嫌

碟祭棠担栗石博鬼而场怪

写幛奠甚貴豉故狙以頷頰雉

恭菜回百臭呂屠点与蘭颗

頤颊屬賀付米老捲兰援每拍

手紳獨匈罗坚磬解之南十七

哀气宽宿芳要芳有後役

御律惯征为柱弸课记诤

发铢乘哥镰盾刃剺敦铠铠兜䤴

鋈匆镖弓弩苦文铠

骹卆棋技桄又第十

糯辂轺车马䯄凉楢壴寂鈚鏨

象槌棠栻栻枕尻殘㮨施軼韓徇
生猹抙枕尻殘業施軼韓徇納
霜䉂碣葿夜葿杜蓮鑫鑫辭鍚軼新
黑玄室宅麐僊焜煌芇畫鐵鍚
㐫四所井䆷麐囷京㮴樓望畫鑫松
尾九泥金筐壁堊垠墉孫槌荷堂

植板栽度亦方雄庶原源漢□

□壤壅蒙度一啟庭東苗碛田時

扇汲泰而立破揚近町界取畦

氓堰畦啜佰朱鞞鉏山東世種

樹收發取抵搽投東把西披

桐樟□枹杞槵□祝檜松柏柟櫹椒樹檀□□□

枝抗辞魏語設援□□□□

苑翰奴步銘惺殺鵒頼桃鵒
茜萏某且豚飛豬躭髄彼狗稀
真臥記　航鸠疲眠

狼记室躲狸怎飛多狼

藥荃荤荦荄室泄注後德張痂

疣瘕瘵癃聲忘癃痘瘫廉

瘁痿疫疝病庥些虎狂吃痕窔

痲痛麻泡病溺阳匿迮欬窏

漐瘅熱瘦痔腸瞤眠苦庠

衰廢返陷曾近弟廿三次麻和

蔡遜去邪黄蓍伏令之苦蛇蛇杜

豬目掌宛熬朱雷匂匂咏付桴

元羔坐友王夾父蔡互而乃廟

摩朴桂栝樓穀本貝母金狼才

當枯第廿四雪矢出蓬蓬兔
電卜蓊遣生祟以母以一祠祀保
家鴞至巧孫室橋兒神宮
粗枰菜出送誦來市兆
笺而曰種發泣破処墳峯
濤物盡瓷王有生宝虫子凬

孝經次第廿五　春秋尚書建

文記禮學師庭瘵方　通達勿兒呼名般礼珠賣才

作詔理推柔智惠分積行上　究西牧人為御史郎中果

近傳保勤子後尚行

法為軍某也子書

易士王稷學而致世兒神

馮納京地執記氏童祭乎端

樹觀文化速感知敬彩姦

邪益室程凱更束誇持伯治

因司農少府國立洞援郡

用勻門十七寧肉志

教主辨均節廿七字陶造格
法律存焉詩作偽夜飛人手
討正逸奉古先號紀於元決舒
文類之交殺傷摘任鄴湘鄉高
長芒雜你泡戒叔因揚若何
用堂隸取詞了孝敬經法忱字

性寬情周自殺堅持害強

況亂匆手室里以飛振詳怡宽

斬自聚斜鈇玩亦室澤忙

冬熱轄事治化蹈器具山巔殺起

右課汝先所伐材木所株根

弟其先杞福于危置生長溥

地皆慈勿脚碎賺滿忘文

涿攻聲勃檟未傈書放涌

低住抗薮空疯瘠僚牽涌

呼撐之身狼速洞愛來孤費

逆入糒揪取田叟賕柱宛尔

熙优苐世凫便蜀男語为牲獨

凤凉虞江水汪渦街曲笔研报

美富文燭報向敕舒鈍

郭河肖沛巴蜀囷郫川諾涯諸

課録依思汙扶濱贫寄弟課

潼地廣大筌示安宽笔苦才渓

報五姜互仁邕克世于中因

亂王姿左邊兌世之子坤國

安守百姓承役陰防和平風雨

時並意而先榮耀農示紀元

穀風生生尽並立之逢博士先

生長永世之極老之復丁

洪武丁卯六月十日臨于靜學齋